기린 같은 목 사슴 같은 눈

이채현 시집

기린 같은 목 사슴 같은 눈

철학과 현실사

시인의 말

높이도 알 수 없고 너비도 알 수 없는 꿈,

기린 같은 목 사슴 같은 눈으로,

겨울 속 남도에

홍매화 빨간 몸 톡톡 튀어나오는 나뭇가지 보며 그러고 싶었다.

2017년 가을

차례

1부

2부

3부

8

4부

5부

10

1부

낙타

내 몸집보다 더 커다란 짐,
메고 갈 수가 없네.
짐 속에 뭐가 들었나.
천근 만근한 젖은 솜덩이라도 들었나.
내려놓으려 해도 내려놓아지지 않는다.

차라리 짐, 천명이라 해버리면,
끝없는 사막도 묵묵히 걸어가리.

잠시 묵상하는데,
목숨 바쳐 이웃을 사랑하다 간 사람들
얼마나 걸었을까, 길과 길 사이 너와 나 사이 나와 나 사이
그분과 나 사이.
십자가에서 죽으신 그 길 따라 얼마나 걸었을까.

초승달마냥 살며시 떠오르시는구나.
여름처럼 씩씩하게 두드리시는구나.
꽃 한 아름 따 건네주시는구나.
기다림에 눈 맑고 귀 밝은 자 두 손 모으는 성당 종소리

바람

뚝뚝 지구에서 떨어뜨려지는 얼굴, 꽃이 아름답다 말 못할 잠시의 양심에, 햇살은 비웃었다. 채무자, 혼(魂)에 빼곡히 밀려 있는 빚, 사람들 대신 꽃송이가 지고 있네. 꽃은 저도 몰래 어깨가 무거울 거다. 꽃에 기대 웃으며 찍은 사진 한 장, 한 장, 한 장, 봄은 눈이 퉁퉁 붉게 울며 꽃을 따 사진에서 내려놓았다.

참된 것, 선한 것, 옳은 것, 곧은 것, 밝은 것, 큰 풍선 같았나. 꽉 찼었던 것이 바람이었나. 하늘을 걸어, 너에게 가려고 했어. 가까이에 있는 너에게. 그래서 아직 닿지 못했나. 더위에 말라가는 희망 추위에 울어대는 이상, 가려고 가려고 가도 가도 가다 보면 가다 보면

걸어 걸어 뿌리 가지 잎 맞잡는 나무, 너에게서 시작해서 나에게로 휘돌아 구불구불 흐르고 흐르는 원(願)

희망

아무리 노력해도 이루어지지 않는 것이 있었다.

아무리 포기하려 해도 포기가 안 되는 것이 있다.
그것이 희망인가.

오리

오늘 익기를 기다립니다.
자연 익기를 기다립니다.
사람 익기를 기다립니다.
세상 익기를 기다립니다.
고통 익기를 기다립니다.
자비 익기를 기다립니다.
저도 익기를 간절히 기다립니다.

풀빛, 꽃빛, 물빛, 하늘빛, 쉼 없이 발길질하는 순간순간

살아 있으니 살아지더라, 살아지니 살고 싶어지더라, 살고 싶어지니 사랑하고 있더라.

기쁜 고백으로

겨울바람 같았어도, 여름폭우 같았어도,
하얗게 이마 드러내는 사랑의 몸짓

먼 훗날 그대가 나를 잊어도

무엇이 희야 하얀 꽃 피우나.
무엇이 검어 검은 꽃 피나.
꽃은 다 아름다운 걸, 나는 몰랐네.

내 속이 희야 하얀 달덩이 같은 네가 피나.
내 속이 검어 검은 돌덩이 같은 네가 피나.
나는 몰랐네, 돌아서 오는 길가, 너는 밤에 피어 있는 목
련화 같은 걸, 아름다운 사람아

당신은 꽃잎 같구나. 당신은 나뭇잎 같구나. 당신은 풀잎
같구나.
나는 당신이 묵직한 바위 같은 줄 알았나봐. 나는 당신이
덤덤한 산 같은 줄 알았나봐.
그런데 나도 당신 같아. 미풍에 하늘하늘 나풀거리는 마
음인 걸.

초승달 같은 웃음 한 점, 나는 하루를 살 수 있어.
봄을 떼어 수놓은 며칠, 수시로 꽃 피어, 먼 훗날 그대가
나를 잊어도 나는 당신은 잊을 수 없을 것 같아.

단심(丹心) 1

　입 속에 검붉은 꽃이 피었다. 한 송이, 한 송이, 한 송이, 조심히 담아 나무에 꽂았다. 그대의 머리에 눈에 입에 어깨에 가슴에 손에 다리에 발에, 앉아 붉게 피어났으면. 부끄러운 얼굴 살포시 숙이고 잠시 머물고 싶네. 그리고 꽃비처럼 내려 흐르는 강물에 몸 실었으면.

　나지막이 속삭이는 원(願)

단심(丹心) 2

별이 성글다, 사람들이 많은 곳. 시끄러워 나가버렸나. 부끄러워 숨어버렸나. 모래사막하늘로 이사가버렸나. 거기서 푸른 집 짓고 사나. 적적하지도 않나. 그립지도 않나.

아파도 빛으로 노 젓는 온몸이어라. 별의 몸에는 가지가 참 많다. 굵은 가지, 굵은 가지 끝에 핀 잔가지, 잔가지 끝에 실핏줄. 붉은 실핏줄 따라, 네 깊은 곳까지 흐르고 흘러 살고 싶어라.

단심(丹心) 3

꽃은 바보

기다려라, 그 한마디,

길섶에서 이제나 저제나.

긴 기다림 끝 다가오면

화들짝,

가야 하시나.

가야 할 길 앞에 두고

망부석(望夫石) 된 눈물방울,

꽃은 천사

단심(丹心) 4

    캔버스에 하늘을 한 줄 그리고 비취바다를 한 줄 그리고 백사장을 한 줄 그리고.
    그 캔버스 위를 걷고 웃고 말하는 사람
    캔버스 밖 빨간 지붕 집들 옆 야자수 사이로 참 정갈하기도 한 태양이지요.

    마음이 다 담아두고 있을 수 없는지 어느 새벽 창문에 펼쳐놓지요.
    그럼 하루가 푸릇푸릇 살아 있답니다.
    이리 쳐다봐도 되는지요. 허공에 걸린 푸른 얼굴이 지치지는 않는지요.

봄 앞에 서 있고 싶네

들판에 풀어헤쳐 펄펄 뛰어다니는 바람 따라 내 마음은 잠시도 내려놓아지지 않는 첩첩산중(疊疊山中), 왜 이리도 험준한 설산(雪山)인가. 굽어진 산허리에서 돋아나는 자그마한 한 송이 꽃이고 싶은데

열까 하다가 바람이 거세게 들어와 후다닥 닫아버렸다.

언젠가부터 줄기가 가녀려졌다. 몰랐다. 몸속으로 천둥과 비바람이 흘러들어와 야금야금 그리됐나. 그리되면 어찌하나. 곡진한 그리움도 기쁨이라, 노랗게 피어 너 만나는, 봄 앞에 서 있고 싶네.

봄날, 꽃봉오리는 입을 열고 하늘을 담는다. 세상에 퍼렇게 멍든 잎 사이로

2 부

유혹

1.

영원을 살라 해서 영원을 살려니, 순간이 보인다. 깊은 밤 고요에 머무는 무(無), 이 무슨 뿌리 깊은 유혹인가.

2.

산을 직선으로 오를 수 있는가. 강을 직선으로 건널 수 있는가. 길을 직선으로 달릴 수 있는가. 그런데 왜 인생은 직선으로 가려고 하는가.

3.

세상이 온통 돈 얘기만 한다. 서로 머리를 맞대고 쿵쿵거리며 부딪는다. 황금 잎에 노예가 되지 않으려는 나와 도망가 버릴까봐 전전긍긍하는 나.

4.

사람들의 박수와 환호에 사는 광대. 이제 박수쳐 주는 사람들이 없네. 흥이 나지 않아 몸도 굳고 마음도 꿈쩍 않네. 외줄에서 내려와야 하나.

5.

거짓 옷을 입고 밭 한가운데서 춤추는 허수아비의 중얼거림. 새들이 앉지 않는 것을 보고 허수아비는 진실이 있다고 생각할까.

6.

새하얀 깃털 같아 한없는 기쁨을 주던 눈(雪)이, 시간이 흐르면서, 땅바닥에 녹아 검게 질척인다. 누군가에게 나도 눈 같은 사람일까.

잎 1

온 들판에 악(惡)의 잡초, 악의 잎이 구르고 굴러 내게 쏟아지려, 혀를 널름대며 독의 침을 흘린다. 나는 도망갈 힘도 없다. 나의 이는 튼튼하지 않아 악의 잎을 씹을 수 없다. 꿀꺽꿀꺽 삼키다보니 괴물이 되어간다. 펄떡펄떡 뛰다가 자꾸 넘어진다. 선(善)의 풀잎을 먹으면 될까. 찾으러 들판을 헤맸다. 선의 풀잎은 땅속에 묻혀 기진맥진한다. 악의 잡초에 눌려 겨우 숨만 쉬고 있을 뿐. 잡초를 뜯어내면 풀잎이 살아날 수 있을까. 곱디고운 선이 강하디 강한 악을 뚫고 나올 수 있을까. 침묵으로 더 많이 얘기하는 시공(時空) 속에 사랑이 살아 있다. 순간, 나 비록 악할지라도 순간, 나 선해지려는 인간이기에, 그 파리한 손을 뻗어 걸어가는 사랑의 발을 안자, 악은 축 늘어지고 선은 푸른 목을 세워 잎을 피운다.

잎 2

삶 곳곳에는 큰 창이 놓여 있다. 창밖은 비바람 몰아치고 칼바람 불어대 웅크려 옷깃을 여미며 총총히 걸어가는 사람들, 창 안은 비추는 햇살 아래 안온한 의자에 걸터앉아 책을 읽고 조용히 담소를 나누고 가볍게 웃음 짓는 풍경. 밖과 안. 유리벽을 사이에 두고 두 세계에 부딪히는 가지들. 사이로 꼿꼿이 뿌리 내리고 있지 않으면 늪에 빠져 허우적거리게 하는 황금 잎. 사이로 생명을 생명이게 고픔과 아픔에 살게 하는 푸른 잎. 주인이 되어야지, 노예가 되어서는 안 되는 것. 순간, 나 비록 약할지라도 순간, 나 강한 인간이기에, 황금 잎 따러 손을 뻗었다 넣었다 널름대다가도, 결국 푸른 잎 따 너의 눈물을 닦는다.

나무

찾아오시는 예수 그리스도를 가슴팍에서 밀어내는데, 얼굴을 파묻는다.

가슴이 미어지는 슬픔

딱딱한 나무 가슴이고 싶지 않은데
새들이 날아와 둥지 트는 비어 있음이고 싶은데

허기진 나무 입이고 싶지 않은데
푸른 그늘 나눠주는 살아 있음이고 싶은데

흔들리며 닿는 옆

씨름

노량진 담벼락 앞,
민들레

노량진 담벼락 앞,
담쟁이

부지런히 피어도
벽과 벽 사이에서 파삭하다.

그래도 살아 있으니
굽이굽이 벽, 산처럼 꿈틀거리니

놓아버리지 말아야지, 벽
놓쳐버리지 말아야지, 산

두 팔로 샅바 쥐고 오금당기기, 안다리걸기, 들배지기,
그리고 진인사대천명(盡人事待天命)

조그만 상자 안팎

또 시작이구나.
뉴스 앵커는 쉼 없이 멘트하고 있고
뉴스 기자들은 쉼 없이 말하고 있고
뉴스 카메라는 쉼 없이 보이고 있고
세상이 구겨져 있어서 구겨져 넣어지나.
조그만 상자 속에 넣느라 세상이 구겨져 넣어지나.

상자 밖으로 펼쳐진 어느 날
삐뚤빼뚤, 낡은 리어카에 고철, 폐지, 헌 박스, 산처럼 쌓
아 할아버지 기어가고 있네.
팔랑팔랑, 옆에서 세상을 다 가진 양 좋아라하며 강아지
복실이 뛰어가고 있네.
어둔 길 타박타박 걸으며 반달처럼 웃고 있네.
서로 바라보는 눈(眼) 속에
복실이, 너를 위해서라면,
할아버지, 당신을 위해서라면.
새벽길 가르며 사랑아, 깨어 있었구나.
하늘에서 함박눈 나리는 이 골목길

파란 병

매화(梅花)
난초(蘭草)
국화(菊花)
대나무(竹)

어디서 피고 있나.

병, 데굴데굴 굴러가다, 문 앞에 멈춰, 누워버렸다. 병, 조심히 들어 안아 누이고 닦고 쓰다듬었다. 미끌미끌 밤이 지나고 아침이 되어 우르르 하얀 가운 입은 사람들이 몰려왔다. 이리 보고 저리 보고 서로 뭐라고 하더니 병, 거기 창가에 놓아두라고 한다. 여름이 지나고 가을이 지나고 겨울이 지나고 봄이. 다. 사계(四季)의 틈바구니에서 병 속으로 별빛이 들어오고 달빛이 들어오고 눈이 들어오고 비가 들어오고 바람이 들어오고 햇살이 들어오고, 폐부(肺腑)를 쓰다듬기에. 태양 같은 눈(眼), 뜬 병은 나았다고 하얀 병동을 퇴원하란다. 병은 가슴에 푸른 꽃 가득 꽂고 골목 속으로 걸어간다.

붕어

황사가 온다나.
무서운 손님인가봐.

문을 열어주지 말라네.
밖에 나가지도 말라네.

베란다 유리문 닫고,
커다란 허연 마스크 쓰니,

어항에 담긴 붕어들 같아.
물 갈아주는 아저씨 언제 오나.

선(線) 넘어 날아다니는 새들 부러워했는데,
너희들은 넘어오지 못하는 선(線) 있었으면 좋겠네.

어떤 데 선(線) 있어야 하나.
어떤 데 선(線) 없어야 하나.

하늘에 바다에 바람에 흙에 강에 숲에 빛에 시간에 노력
에 네 마음에 내 마음에, 어디

보이는 것과 보이지 않는 것

사람들은 저마다 깊은 우물 속에 사람들

둥둥 밀어내네.

둥둥 떠오르네.

밝아서 그런가.
어두워서 그런가.
가려져서 그런가.
눈 감아서 그런가.

보이지 않는 그림자들
볼 수 없는 그림자들
보아도 못 본 척해야 하는 그림자들
볼 수 있어도 보려고 하지 말아야 하는 그림자들

안갯길 오가며 은밀히 서로 눈짓 입짓 손짓 발짓한다. 그
속에 투명인간은 몰래 왔다 갔다 한다.

친구

다복이*도 생각이 많을까.
둘기**도 생각이 많을까.
사람 같아.
사람보다 더 사람 같아.
사람들을 가르쳐.
사람들을 변하게 해.
사람들에게서보다 더 사랑을 배워.
사람들에게서보다 더 슬픔을 배워.
상처 없는 사랑
상처 깊은 슬픔

너희들 만나서 행복했다.
하늘나라를 한 조각 먼저 주고 간 너희들, 닮아 사람들과
사랑 많이 할게. 서툴겠지만.

* 사려 깊고 정 많던, 오빠네 강아지 애칭.
** 우연히 만나, 2년간 우리 집에 온 비둘기 애칭.

우리는 혼자일까

너무 앞서 가지 마소.

저만치 앞서 가시는 아버지를 보고 엄마가 종종 그러셨다. 한복치마를 칭칭 감고 뒤따라가시기가 힘에 부치셨나 보다. 아버지는 저 앞에서 엄마가 가실 때까지 한참을 기다리고 계셨다.

관계, 나무 건강히 자라듯 한 거리 두라 하는데.

그 거리라는 것 신뢰 아닐까.

먹다

무척 더운 여름 어느 날, 유난히 배가 너무나 고팠다. 길가 조그마한 식당에 들러 음식을 허겁지겁 먹어치웠다. 먹는 순간, 그 순간에만 몰두한 것 같다. 평소에는 식욕이 없어 좀처럼 그렇지 않았는데. 숟가락을 놓고 배가 풍선처럼 되어 있는데, 한편에서 뭔가 모를 감정이 올라왔다. 아, 순간이구나, 하는 뭐 그런 묘한 감정들. 파도처럼 밀려오는 한순간 영혼의 배고픔. 본향에의 그리움일까. 내 속으로 푹 빠지던 때. 솜 같아. 바람에 이리저리 흔들리는 산기슭 어린 나무 같아. 길 잃은 어린 양 목자의 목소리 들으려 하네.

풀밭에서 비둘기 대여섯 콕콕 머리를 조아리며 먹이를 먹고 있다. 아이 같다.

소

되새김질만 하고
한나절.
몇 날.
몇 주.
몇 달.
몇 년.
일생.

휘휘 바람이 산과 산 사이 집과 집 사이 사람과 사람 사이 세차게 지나갈 때, 한 뼘만 한 볕이 마당 앞에 마중 나와 옹기종기 노랗다. 촌로(村老) 부부가 얼굴 서로 비비는 풀잎 같다.

저 큰 것, 저 거창한 것, 저 먼 것, 고민하던 평화가 한 줌 내려앉았다.

그러다보면 강에 떠내려가는 여물

지구야

떨어지는 폭격기에 말이 도망가 버려 눈만 울고 있는 너,
엄마 손을 잃고 엄마를 부르며 땅을 비집고 쫓아다니는 너,
바닷가에서 새처럼 머리를 박고 하늘로 날아가 버린 너,

구르는 푸른 별 지구야, 봄 끌어안고 만개(滿開)하기가
그리도 힘에 부치니.

겨울이 업고 겨울이 안고 키우는 봄
지구 심신(心身)에 새하얀 눈이 내리나, 검은 씨앗이 뿌
려지나. 저 창공에서 갯벌로 날아 앉는 검은머리물떼새

그렁그렁한 꿈에 화들짝 꽃이 핀다.
아이야, 너도 꽃이구나. 뛰어다니는 너의 자그마한 발자
국에, 밤 등에 온통 파란 점 반짝인다.

붓

　벽돌 한 장 들어 올리게 하는 힘, 칩거하던 집 안에서 밖 세상을 궁금해 하게 하는 힘, 기다림을 의식할 수 있는 힘, 가슴이 뭉글뭉글해지는 힘, 사막에 낙타가 되려는 힘, 그리운 사람들이 달처럼 둥글게.

　희망에 덧칠하고 덧칠한 유화 한 점
　오늘에 걸려 있는데, 화가는 또 붓을 든다.
　이중섭의 소 색깔을 진달래 같은 얼굴에 척 바른다.
　옆에 있던 아가가 울 언니 돌려놓으라고 운다.
　아가야, 울지만 말아. 네 손에 붓을 쥐어줄게. 돌려놓을 수 없는 것들에 멋진 신세계를 그려보렴. 도와줄게.

　누구나 가야만 하는 먼 길까지,
　길 끝 이 세상에서 넘어야 할 가장 어려운 것인 태산 절벽에, 오늘은 예수님이 부활하신 희망의 봄밤

3부

나만큼일 뿐이지만 더 깊이

누군가가 누군가를 지우려 한다.
나뭇가지 자르듯 툭툭 자른다.
성(城)안에서만 나목(裸木)이 되려 한다.

너, 나. 얼굴을 모르겠다.
저 심중 계곡 속에 가라앉아 있는 수많은 얼굴을 볼 줄
모르겠다.
문 앞에 발을 쳐 두고 바라볼 뿐
조각 조각난 퍼즐을 손에 쥐고 울고 있는 아이일 뿐

강물은 온몸으로 흐르는데
나는 징검다리를 건너듯 듬성듬성 마음을 건넌다.
불쑥불쑥 튀어나온 얼굴만 보고 있는 듯하다.
온전히 볼 수 없음은 천형(天刑)인 듯하다.

네가 소리라도 지르면, 성이라도 내면 내 마음이 이리 무
겁지는 않을걸.
어제 할미꽃같이 고개 숙이는 네 얼굴에 나는 며칠간 마
음이 많이 아플 것 같다.
물살 잦아들면 말간 강물 아래가 비추이니, 나만큼일 뿐
이지만 더 깊이 보아야겠다.
섬섬옥수의 울 아버지같이

새

하루 종일 지저귀지 않았습니다.
소리를 잃어버린 새

입을 닫아버린 새
울지도 못하는 새

깊은 산속 총소리에 꼭꼭 숨어버린 새

날아가고 싶습니다.
새장 열려 날아가고 싶습니다.

날아가다가 유리창에 부딪혀 떨어진 친구가 있습니다.
구급차에 실려 갔습니다.

문을 열어 주십시오.
끝과 시작 사이에 있는 모든 문을 열어 주십시오.

문을 열게 해주십시오.
시작과 끝 사이에 있는 모든 문을 열게 해주십시오.

민낯 몇 개

가면이 늘어간다.
영화나 TV나 만화책 속에서는 싸우기 위해 가면을 쓰던데,
싸우지 않기 위해 가면을 쓰기 시작했다.
마음을 먼저 보시는 그분 앞에서
그것도 죄라면.
가면보다 민낯을 왜 그리도 많이 만들어놓으셨는지 물어
보고 싶다.

국어시간 국어 잘하면 말, 글답게 하는 사람 된다 하였다.
국어 못해서 마음에만 담은 사람인가.
수학시간 수학 잘하면 계산 바른 사람 된다 하였다.
수학 못해서 정 헤픈 사람인가.
사회시간 사회 잘하면 밝은 세상 만드는 사람 된다 하였다.
사회 못해서 불끈불끈 주먹 쥐는 사람인가.
과학시간 과학 잘하면 우주를 품에 안는 사람 된다 하였다.
과학 못해서 나를 바라보는 사람인가.

수업시간 깊은 잠들어서
나는 변방의 부끄러운 시인인가.

아이야, 민낯을 자주자주 씻어라, 가며오며 흐르는 강물에서

잠시 먹은 생각

먼 큰 산봉우리. 욕심 없이 절로, 큰 산이고 싶어라.
큰 가슴을 푸르게 내밀고 떡 버티고 앉아 솟는

나지막이 집, 들, 강, 나무, 꽃, 둥글게 싸안는 산이 많이
고달팠나보다. 하늘 흐르는 구름 보았나보다.

속으로 기암괴석 없는 산이 있던가.
속으로 그루터기 없는 산이 있던가.

버스에 전철에 또 버스에, 매달려 흔들리는 눈 팔 다리
땀 생각

그래도

굳은살 밴 손 따라
굳은살 밴 발 따라

말랑말랑한 빨간 젤리
꾸덕꾸덕 굳어 선반에 있다.

내어놓고 산 지 수 십 년

빈집에 많은 사람들이 들어와 있다.
나는 그들의 종이 되어버렸다. 잘 길들여져 간다.
나는 없어져 간다.
등을 밀어내려는데

죽통(竹筒) 속 꽉꽉 채운,
희(喜)·노(怒)·애(哀)·구(懼)·애(愛)·오(惡)·욕(欲),
엉킨 실, 살며시 풀려 베틀에서 직조된다.
가시 많은 흑장미 철컥철컥 짜이니 따가워 뒤척이다가
그래도.
그들 때문에 많이 아프며 살아도 내가 그들을 아프게 하
는 것이 정말 아픈 것이란 것, 씨줄 날줄 얽히는 틈 사이 선
홍빛 되어 함께 짜인다.

밤

　말이 사랑인 줄 알았어. 말이 마음인 줄 알았어. 입 밖으로 나온 말만 나는 보았어. 나는 작은 머리, 말을 해부할 수 없었어.

　언니가 엄마처럼 나를 사랑한대. 어제 언니 말은 밤송이 같아, 울어버렸어. 아프잖아. 그런데 사랑한대.

　밤송이 까느라 상처투성이야. 그래도 그 속에 밤 몇 알 숨어 있어, 사랑이라고 했나봐. 사랑은 그냥 날것으로 먹어서는 안 된다나봐. 하늘 속 언덕배기 밤나무

연(鳶)

나뭇가지에 새 하나 날아 앉았다.

연(緣)이 연(鳶)이 되어 날아다닌다는 것,
거기 서 있었구나.
손에 감고 있었구나.
풀어 주었구나.
같이 따라와 주었구나.
바라보고 있었구나.
환호해 주었구나.
튼튼한 연(緣)이 하늘을 자유롭게 나는 연(鳶)이 되게 하
는 것.

눈 감아 보이지 않던 그런 그대를 허공에서 날면서 보았
어요.
색동옷 팔랑이는 천진무구(天眞無垢)의 연(緣), 풍파(風
波) 이겨낸 검푸른 칡넝쿨의 연(緣), 그대

빈 가지 많은 나무라 빗방울처럼 웃었다.

심안(心眼) 1

연둣잎 움틔워내 다소곳이 서 있는 나무
여기저기서 꽃망울이 터지는 소리

아가씨가 물었다.
"자기야, 내가 꽃이야?"
총각이 답했다.
"자기는 보석보다 더 예쁜 꽃이야."

옆에서 가만히 듣고 있던 꽃이 물었다.
"바람아, 보석이 뭐야?"
바람이 말했다.
"꽃아, 보석은 돌이야. 생명이 없는 꽃이야."

바람이 불자 꽃이 비 되어 날렸다.
가슴에 묻혔다.

심안(心眼) 2

젊은 날 아주 옛날, 장미꽃 한 송이 받았었지. 꽃병에 꽂았다가 시들어져 통에 버렸었지. 며칠 뒤 그 장미꽃 어떻게 했어, 버렸어 했지 아무 생각 없이. 드라이플라워 만들어 꽂아두지, 그럴 걸 한마디 무심히 툭 던지고 잊어버렸었다.

그 장미꽃이 이제야 입을 벌린다. 장미꽃 피느라 이렇게 오래 걸렸구나.
지금은 오색꽃 너무 많이 피는 마음 밭 되었나 보다.
그래서 슬플 때 너무 많네.

심안(心眼) 3

거울을 깨뜨리는 사람,들
새침데기 토라지듯

허겁지겁
몰랐어요, 무엇 때문이에요.

포르르
숨듯

꽃샘추위 속에 뉘여
긴 고해성사(告解聖事)

울긋불긋
알록달록

지천(地天)에
있는 그대로 보려 할게요.

심안(心眼) 4

엄마와 싸웠다.

눈에 보이지 않는 것들이 무너져 내렸다. 양심 같은 것, 도덕 같은 것, 사랑 같은 것

돌로 쌓은 것이 아니라서, 흙으로 쌓은 것이 아니라서, 철로 쌓은 것이 아니라서, 나무로 쌓은 것이 아니라서

땀으로 쌓은 것이라서, 눈물로 쌓은 것이라서, 정성으로 쌓은 것이라서, 노력으로 쌓은 것이라서

꽃길

들길

산길

강길

바닷길

돌고 오는 미풍에 속 헹구면

꽃을 만들 수 있는가? 나무를 만들 수 있는가? 새를 만들 수 있는가?

그건 못해도, 꽃밭에 나무 심고 새들 앉게 기다릴 수는 있지요? 엄마와 나

장독

　엄마가 시린 햇살 아래, 장독같이 동그마니 앉아 하루를
보내고 있다.

　한 줌 될까.

이 밤, 누가 오시려나

사력(死力)에 껍질 끝까지 닿을 수 있을까. 사력(死力)에
껍질 밖까지 나갈 수 있을까.

이때부터 고통이었다.

기린 같은 목, 사슴 같은 눈, 저 들판에서 영그는. 하얀
박 같은 웃음이 굳은 세상의 손가락에서 빛나는, 그런.

천장에 가득한 꽃나무 그림자,
이 밤, 누가 오시려나, 아픈 밤 다독이려 임 오시려나.

죽 한 그릇, 한 숟가락씩 뜰 때마다 아려오는 혀,
평소에 좀 잘 살걸
아픔이 겨우 삼킨 빈 그릇에 수북한 얼굴,
평소에 좀 잘 해 줄걸
창가에 누워 있는데 밤하늘에 뜨는 달,
평소에 좀 잘 받아들일걸

일기장

꾹꾹 누르는 도장, 참 잘했어요.
일기장에 찍힐 때 하루가 보라색 무 같았어.

선생님 이제는 내가 되어,
하루를 들이미는데 검은 연탄이 꾹꾹 누른다.

때문에 보이는 자그마한 나 하나
다스리지 못하여

광에 쌓여가는 공책에 곰팡이,
퀴퀴한 냄새 맡으며 쓸어낸들 또 슬겠지.

광문을 잠깐잠깐씩 열어두어라,
햇살과 바람이 들어온다.

보이는 때문에
자그마한 나 하나 다스려지려나.

나이 많으신 선생님, 이제는 도장을 찍는 수고는 하지 마
세요.
가고 나면 제일 뒷면에 하얀 꽃으로 저절로 찍혀지겠지요.

울 엄마

소같이 밭만 갈던 울 엄마가 고랑에서 멈춰섰다. 가라고 해도 가지 않는다. 서러웠나보다. 사랑의 노동이란 말로 희화화하며 겨울바람이 불어댔다. 그래서 그랬구나. 꾸역꾸역 온 몸과 마음으로 일만 해온 엄마를 햇살이 끌어안는다.

새 아가, 봄 오고 꽃 피자,

조금 더 자랐구나. 조금 더 튼튼해졌구나. 이제 웃으려고까지 하는구나. 이제 바람 불어도 쓰러지지 않는구나. 상처 입어 아파하더니 창공을 날아오른다. 훨훨 난다. 빈 둥지에서 엄마는 파랗게 웃고 웃는다.

시작(詩作)

문 나서는데 이성복 시인의 책 제목이 따라왔다.《네 고통은 나뭇잎 하나 푸르게 하지 못한다》

쓸 수가 없습니다. 써지지가 않습니다. 그만 써야 하나요. 숯 되어 몇 계절을 되뇌었다.

하나,
하늘나무에 달린 나뭇잎인걸.

누구에게나, 언젠가는, 어디에나,
열린 줄도 모르게

붉은
석류

4부

밤비

아버지 기일(忌日), 추모공원 한 곁에 아버지 조용히도 계시네.

다음부터는 제사를 드리지 않겠다고 선전포고한 침묵 앞.

형부가 막걸리를 사러 갔다. 얼굴 가득 벌겋게 울음을 머금은 채. 가장 극진히 아버지를 간호해드렸던 마지막 사람.

눈물도 말라버린 우리 대신 울고 있나, 해도 해도 끝이 없는 실타래 같은 말에 밤비가 추적추적 온다. 음복 대신 흐려져 가는 각자의 양심을 나누어 주섬주섬 짐을 싸 일어선다.

의미 없는 일이라고 말한다.

이 세상에서 의미 있는 일은 무엇인가 하고 찾고 또 찾아 나섰지만 밤길, 이 궂은 날에도 아픈 몸으로 세월호 참사 2주기 추모식에 간다며 형부가 저만치 앞서 가고 있었다.

산 자와 죽은 자는 어디서 만나는지,

산 자와 죽은 자는 어디서 만나야 하는지.

독백

숨은 말(言)은
저 멀리 떨어져 있는
얼굴을 살피고, 눈짓을 살피고, 음성을 살피고, 몸놀림을
살피다가
혼자, 지친 발톱으로 할퀸다.
떠난 이후
긴 밤 성(城)안 문 닫힌 수많은 방을 두드리다가 돌아 나
오는 그 달리는 말은 어찌나 힘이 센지
달리고 또 달리고
귀 어둔 말은 돌아오라 소리 질러도 제 갈 길만 간다.

해와 해 사이
해산(解産)하는 저 아낙 같은
목련나무

닿았는지도 모르면서
돌아누우려 어깨를 들먹인다.

그때는 죽음 앞에서 죽음을 몰랐어

밀물이 발뒤꿈치를 살짝 젖기에 부리나케 달려 나온다.
눈도 감아본다. 고개도 돌려본다. 빈말도 해본다.
달려 들어가지는 못하여도 그냥 서서 흠뻑 젖어버릴까.
파도처럼 밀려오면 어떡해.
빈 갯벌에 남은 나는 어떡해.

오늘은 책도 읽고, 글도 쓰고, 수다도 하고, 청소도 하고,
낮잠도 자고, 밥도 먹고,
그리고 미장원에 가서 머리도 조금 잘랐다.

초목 푸르기도 하던 여름,
아버지, 엄마, 나, 모두 젊었을 때,
동작동 국립묘지 구경 갔었지.
땡볕에 이 사람, 저 사람 찾아다니다가 길 잃고 이름 모
를 사람들 앞에서 넙죽 절했었지.
먼 길 내려와 허름한 식당에 앉아 냉면을 넘기며 행복도
넘겼지. 우리는 웃고, 말하고, 울지는 않았어.
그때는 죽음 앞에서 죽음을 몰랐어. 죽음은 가슴에
묻혀 살아 있음을 몰랐어. 그래서 그렇게 슬픈 것인 줄
몰랐어.
땅에 누워 계신 아버지 일으켜 그 여름에 가고 싶다.

아버지, 엄마, 나, 조금 늙었어도 셋이 손잡고 걸어서 그 여름에 가고 싶다.

눈떠보니 맨드라미 같은 단발 아이가 거울 속에 있다.

후회

보고 있는 중, 듣고 있는 중, 말하고 있는 중, 읽고 있는
중, 쓰고 있는 중, 생각하고 있는 중,

웃고 있는 중, 울고 있는 중, 분노하고 있는 중, 슬퍼하고
있는 중, 괴로워하고 있는 중, 헤아리고 있는 중,

기다리고 있는 중, 다가가고 있는 중, 마주하고 있는 중,
다독이고 있는 중, 쓰다듬고 있는 중, 끌어안고 있는 중,

표현하지 못해 너무 슬픕니다.
모르셨죠.

비애(悲哀)

회자정리(會者定離) 앞,
어느 가을 새벽 강의 반추(反芻)

마른 꽃잎처럼 가듯, 뿌연 안개처럼 가듯, 검은 구름처럼
가듯
동글동글 꽃망울처럼 오듯, 조롱조롱 빗방울처럼 오듯,
소복소복 함박눈처럼 오듯

한결같고 싶다 말했어. 어디 그럴 수 있습니까 그랬지.
나무 같고 싶었어. 꽃 같기는 싫었어.
돌아오는 길에 어디 나무 같을 수 있습니까, 라고 나무가
말하고 있었지.

그런 건가.
죽을 때 우리가 무엇을 갖고 가나 생각했어.

다시, 꿈

아이 같아도 될까요.
오늘 같은 날, 좀 쓸쓸하고 좀 작아지고 좀 희뿌연 날

나비 되어

낙하하는 언어들은
천 길인 듯 지척인 듯
다독이는 봄에 잠시 취해
노랗다오.

그대 있어

피어 있다오.
큰 꽃송이 말없이 기다리네.
사뿐히 내려 앉아
빗방울처럼 좀 울어도 될까요.

5 부

추석

기다리는 발치의 강아지 눈(眼) 같은 잿빛 달

둘러앉아 한 입씩 베고 돌아앉아

더 어두워진 지붕 위

묵묵히

우리는 옷 벗는 여름인데
나무는 옷 입는 여름이다.

우리는 옷 입는 겨울인데
나무는 옷 벗는 겨울이다.

우리는 잘 못 견디는데
나무는 참 잘 견뎌낸다.

그런데
눈 쌓이면
바람 불면
우리는 휘는데
나무는 꺾인다.

창밖 나무는 아무것도 모르고, 묵묵하기만 하다.

간밤

밤, 하얀 등 아래 영(靈)과 육(肉),

흔들어 깨워 살려 달라고, 아무리 흔들어 깨워도 깨어나
지 않는다고.

빛이 실눈 뜨고 어둠을 누덕누덕 기우니

자박자박 걷고 또 걷는 길 위에서

검은 잎사귀 같은 손을 비비며 엉엉 울고 있는데

푸른 잎사귀 같은 별을 포개며 싱싱 살고 싶은데

길

허연 안개가 뭉글뭉글 구름처럼 쌓여 있다.
보이지 않는 것이 앞이다.

괜찮아? 갈 수 있어?
우리는 무서웠다.

그제야
들어선다.

성당 한구석
막다른 골목

다 받아주신다고 하시기에
그저 사랑해주신다고 하시기에

머리를 쓰다듬으며 어서 오라 하시기에
등을 어루만지며 다 괜찮다 하시기에

달처럼 뒤척이다.
별처럼 나풀대다.

가장 겸손해지던 때

벚꽃이 하늘에 얼굴 묻고 흐드러지게 떨고 있던 밤

기도 한 소절 뒤늦게 하늘에 올리려는데
슬픔밖에
걱정밖에
동동 구르는 꽃잎 나리고.
건강하셔야죠, 읍소(泣訴)

비 오고
아기 풀잎들이 오르며 푸르러지려
하늘에 매달린다니,
그렇게 하겠습니다.
할 수 있는 것은 그것뿐

봄, 밤이 깊은 숨을 내뱉던 그때

꽃잎

이 밤,
어둠을 긁어내리고 긁어내려도 새벽은 창조의 질서에 따라 온다는 것을 알아갑니다.

너는 문 밖에서 조금도 서성이지 않는구나.
어김없이 왔다가 어김없이 가는구나.
너를 잡으려고 두 눈 부릅뜨고 서 있었는데 너는 잡히는 게 아니구나. 찰나, 그건 이미 지나가 돌아볼 때만 문득문득 뜨는 태양

낮아지면 되는데 조금씩만 낮아지면 되는데 조금도 낮아지지 않네.
바람을 둘둘 감고 도는 산, 더 높아져만 가네. 더 멀어져만 가네. 그래서 더 오르려고 하나.
산 같은 세상, 산 같은 사람.

새벽녘, 돌계단 밟고 하늘로 가는 길은 짊어지고 가는 십자가의 길
바람이 삐죽삐죽 얼어 서로를 찌를 때, 쓰러지고 일어나고 쓰러지고 일어나고, 가시나무 무성한 길. 가시나무만 무성할까. 심안(心眼)에 한가득 꽃이 피었다. 붉은 꽃잎이 쏟

아졌다. 따뜻이 안아 사랑이 머무르는 가슴, 서로 부둥켜안
아주는 사람들 있어, 사람들 안아주는 신(神) 있어.

낙상홍(落霜紅) 맺혀 덮이면

여백(餘白)으로 더 많이 얘기하는 당신,
행간(行間) 쫓아가다가 길 잃어버려
석양에 앉아 두 다리 뻗고 울고 말았네.

사랑하다가
부러져도 되는가.
굽어져도 되는가.

숲속에 나무도 장관(壯觀)이고
벌판에 갈대도 장관(壯觀)이고

절두산(切頭山)
내리치는 칼에

여백(餘白)으로 더 많이 향기 풍기는 당신,
바람에 낙상홍(落霜紅) 맺혀 덮이면
붉은 길 같은 길인가.

갈증

촛불 하나 밝혀 당신 앞에 살며시 놓으며 내 안을 들여다 봅니다. 불 그림자 커다랗게 일렁이는 벽, 검어서인가요.

나비 같은 노란빛 둥글게 머무르는 자리, 만남이고 싶습니다. 목마른 갈증에 매일 두 손 짚고 일어서는 건 저 태양, 저 별, 은수자(隱修者)들의 하늘

이스라엘 성지에서 여기까지 발이 부르트도록 온 묵주(默珠), 떨어뜨려 한 알 부서져 더 걸을 수 없습니다. 온몸이 아립니다.

천 걸음을 가자고 하면 이천 걸음도 가주라 하셨는데, 뺨을 때리는 자에게 다른 뺨도 내주라 하셨는데.

사랑

네 이름은 '사랑'
네 본래의 집은 '천상'
너는 '지상과 아픈 열애 중'

거기 있었니? 찬바람에 오들오들 떨며 이 꽉 다물고 거기 있었니? 지나치는 발걸음 잡지 않고 속으로 애 태우며 거기 있었니? 부끄럽다. 들어도 듣지 못하고 보아도 보지 못하는, 마음의 문 밖에서 너 거기 있었구나.

지상에 눈처럼 내려와 온몸이 녹아내리는 너
내가 아플 때 감싸주고, 내가 기진맥진할 때 쓰다듬어주고, 내가 처참해질 때 흠뻑 안아주던 너

밀쳐내는 몸짓들에 고통으로 하얀 밤 지새우고, 떠나보내려 안간힘 쓰는 마음에 눈물로 흘러내리고, 마른 흙으로 뒤범벅되어 굴러다니는 상처에 하얀 꽃으로 피어나니.

미안하다. 너 떠나보내려 해서, 너 홀로 있게 둬서, 내 사랑이 너무 작아서.

그렇게

바다는 아프지 않을까, 바다가 되기까지 얼마나 아팠을까.

다 보여, 다 느껴. 그러느라 깊어.

작은 눈물방울, 작은 땀방울 저 너머에. 그래서 넓어.

그냥 있어, 그저 있어.

단풍

어쩌나, 산에는 다홍치마 입고 살며시 밟는 버선발 아씨, 누구세요 따라오는 당신은.

절벽에서 뛰어내리는 찰나, 겨울에서 봄으로 봄에서 여름으로 여름에서 가을로 가을에서 겨울로 이 생(生),

그립다 말도 못 할 두고 못 올 너는 어떡해. 산등성이에서 이제나 저제나 기다리는 달 같은데.

누구세요 따라오는 당신은. 툭, 내려 박 같은 둥근 달에 피어나 푸릇푸릇 살아 있게 하시니.

겨울 강

누워 있는 강
유리 옷 덮고

누가 밟는가.
배고픈 배

더 배고픈 새
쪼아대니

하얀 살
조각조각 떼어준다.

햇살이
마구 들어온다.

순리(順理)

꽃이 피면 꽃이 지는 것도 보아요.
잎이 푸르면 잎이 떨어지는 것도 보아요.

강물처럼 흐르면

꽃이 지면 꽃이 피어나는 것도 보아요.
잎이 떨어지면 잎이 푸르른 것도 보아요.

눈이 내린다.
모든 것 덮으며 하얀 눈이 내린다.
침묵에 하얗게 쌓인다.
침묵에 눈꽃이 피었다.
가장 큰 이가 사랑으로 듣고 계시니,
 침묵은 스스로 곧은 것, 바른 것, 아름다운 것, 사람다운
것, 새처럼 우러나오는 노래를 할 수 있음에. 가장 큰 이 닮
은 새

간밤 까맣기도 하더니

하늘에서 사랑이 꽃비처럼 내리는 걸 보았는가.

언제나 기뻐하십시오.
끊임없이 기도하십시오.
모든 일에 감사하십시오.*

순간순간, 자르고 잘라도 자라는 생각
순간순간, 자르고 잘라도 자라는 마음
순간순간, 자르고 잘라도 자라는 세상

봄, 여름, 가을, 겨울, 짓는 빛 농사(農事)

땅에서 사랑이 열매처럼 맺히는 걸 보았는가.
언제나 기뻐합니다.
끊임없이 기도합니다.
모든 일에 감사합니다.

---

* 한국천주교중앙협의회, 『성경』, 1테살 5, 16-18.

하얀 갈매기

지구에 날아 앉아
평생 부비는 하얀 갈매기
매일
문법책 같아.
함께
새로 산 시집 같았어.
자연
교과서 같은가.
비어 있어
비어 있어야 하나 보다.
난다.

이채현

1964년 경상북도 안동에서 태어나, 1988년 이화여자대학교 국어국문학과를 졸업하고, 1993년 이화여자대학교 교육대학원 교육학과를 졸업하였다. 시집으로 『그대에게 그런 나였으면』, 『하늘에서 꽃이 내리다』, 『사랑한다면』, 『밤빛』이 있다.

기린 같은 목 사슴 같은 눈

| 1판 1쇄 인쇄 | 2017년 9월 15일 |
| 1판 1쇄 발행 | 2017년 9월 20일 |

지은이	이 채 현
발행인	전 춘 호
발행처	철학과현실사

등록번호	제1-583호
등록일자	1987년 12월 15일
	서울특별시 종로구 동숭동 1-45
	전화번호 579-5908
	팩시밀리 572-2830

ISBN 978-89-7775-805-6 03810
값 8,000원